COLLECTION DE MONSIEUR B···

Vente du Samedi 8 Mars 1913

HOTEL DROUOT — SALLE N° 7

LES GOURMANDISES

N° 179 du Catalogue

ESTAMPES

DU

XVIIIe SIÈCLE

Me F. LAIR-DUBREUIL   M. LOYS DELTEIL

EXPOSITION PUBLIQUE, HOTEL DROUOT, SALLE N° 7

Le Vendredi 7 Mars 1913, de 2 heures à 6 heures

Nº 100 du Catalogue

CATALOGUE

DES

ESTAMPES

DU

XVIIIe SIÈCLE

ŒUVRES

DE

BAUDOUIN, BONNET, COCHIN FILS, DEBUCOURT,
DEMARTEAU, FRAGONARD, FREUDEBERG,
GAINSBOROUGH, Mlle GÉRARD, GREUZE, HUET, JANINET,
LANCRET, LAVREINCE, MOREAU LE JEUNE, OUBRY,
GABRIEL & AUGUSTIN DE St AUBIN, SCHALL, TAUNAY, etc.

Dont la vente aura lieu

à Paris, HOTEL DROUOT, Salle N° 7

Le Samedi 8 Mars 1913

à 2 heures précises

Par le Ministère de Me F. LAIR-DUBREUIL

COMMISSAIRE-PRISEUR

6, Rue Favart, 6

Assisté de M. LOYS DELTEIL, Graveur et Expert

2, Rue des Beaux-Arts

CONDITIONS DE LA VENTE

Elle sera faite au comptant.

Les adjudicataires paieront *dix pour cent* en sus des enchères.

M. Loys Delteil remplira les commissions que voudront bien lui confier les amateurs ne pouvant y assister.

MM. les Amateurs pourront visiter la collection, *2, rue des Beaux-Arts*, du Mardi 25 Février au Jeudi 6 Mars 1913, de 2 heures à 5 heures (*le Dimanche excepté*).

Exposition Publique, Hôtel Drouot, Salle N° 7, *le Vendredi 7 Mars 1913, de 2 heures à 6 heures.*

N° 51 du Catalogue

DÉSIGNATION

BAUDOUIN (d'après P. A.)

1. Allégorie à la gloire de Louis XV (E. Bocher 1).
   Très belle épreuve.

2. L'Amour à l'épreuve, par Beauvarlet (5). Belle
   épreuve de tirage postérieur.

3. Le Carquois épuisé, par N. De Launay (11). Très
   belle épreuve.

4. Le Couché de la Mariée, par Moreau le jeune et
   Simonet (16). Superbe épreuve.

5. Le Curieux, par Malœuvre (17). Très belle épreuve
   du 2ᵉ tirage (grattage en marge).

6. L'Épouse indiscrète, par N. De Launay (21). Très belle et très rare épreuve du 1ᵉʳ état, à *l'eau-forte pure.*

7. Le Fruit de l'Amour secret, par Voyez l'aîné (23). Belle épreuve (petites épidermures).

8. Le Lever — La Toilette (29 et 48). Deux pièces par Massard et Ponce, se faisant pendants. Très belles épreuves (l'adresse grattée).

9. Le Modèle honnête, par Moreau le jeune et Simonet (34). Superbe épreuve.

BONNET (L. M.)

10. Mᵐᵉ Vanloo, d'après Carle Vanloo. Superbe épreuve *tirée sur papier bleu, avec planche de blanc.*

11. *The School of Love* — Deux pièces de forme ovale, se faisant pendants. Très belles épreuves, *avant toute lettre, imp. en couleurs.*

BOUCHER (d'apr. F.)

12. L'Aurore et Céphale, par S Non. Belle épreuve, *tirée en bistre* (petites cassures).

13. Le Puits, par Chedel. Très belle épreuve.

13 *bis.* Frontispice pour l'Abrégé des plus fameux Peintres, par Dezallier d'Argenville, par Flipart. Très belle épreuve, à *l'état d'eau-forte.*

CAMPION (Charles)

14. Guillonville (Mᵗ de), 1773. Très belle épreuve. Rare.

CHOFFARD (P. P.)

15. Pièce commémorative d'un Mariage (P. et B. 119). Superbe épreuve, *avant: Tome* 1.

N° 4 du Catalogue

CHOFFARD (P. P.) — SAINT-AUBIN (A. de)

16. Voyage pittoresque de Naples et de Sicile :
Vignettes de titre des T. I, III, IV et V, soit
quatre pièces. Très belles épreuves (3 à *l'état d'eau-
forte*).

COCHIN FILS (C. N.)

17. Maloët, par Mme Lingée. Très belle épreuve, *avant
la lettre.*

18. Hommage des Arts (à Marie-Antoinette), par B.
L. Prevost. Très belle épreuve.

19. Le Jeu de la Comète, par M***. Très belle épreuve
(sans marges).

20. La petite Charrière en couches, par l'abbé de
Saint-Non. Deux superbes épreuves, une à *l'état
d'eau-forte pure*, très rare.

21. Le Tailleur pour Femme. Belle épreuve (courte de
marges).

21 *bis*. Vue perspective de la décoration élevée sur la
terrasse du château de Versailles à l'occasion du
Mariage de Mme Elisabeth de France. Grand
in-fol. Trois épreuves d'états différents.

COYPEL (d'après Charles)

22. Mme Deshoulières testant en faveur de son chat,
par Caylus. Très belle épreuve.

CROISEY

23. Marie-Antoinette, Dauphine de France. Très belle
épreuve. Rare.

DEBUCOURT (P. L.)

24. Minet aux aguets (M. Fenaille 57). Belle épreuve
du 1er état, *avant la lettre.*

Nº 6 du Catalogue

Nº 106 du Catologue

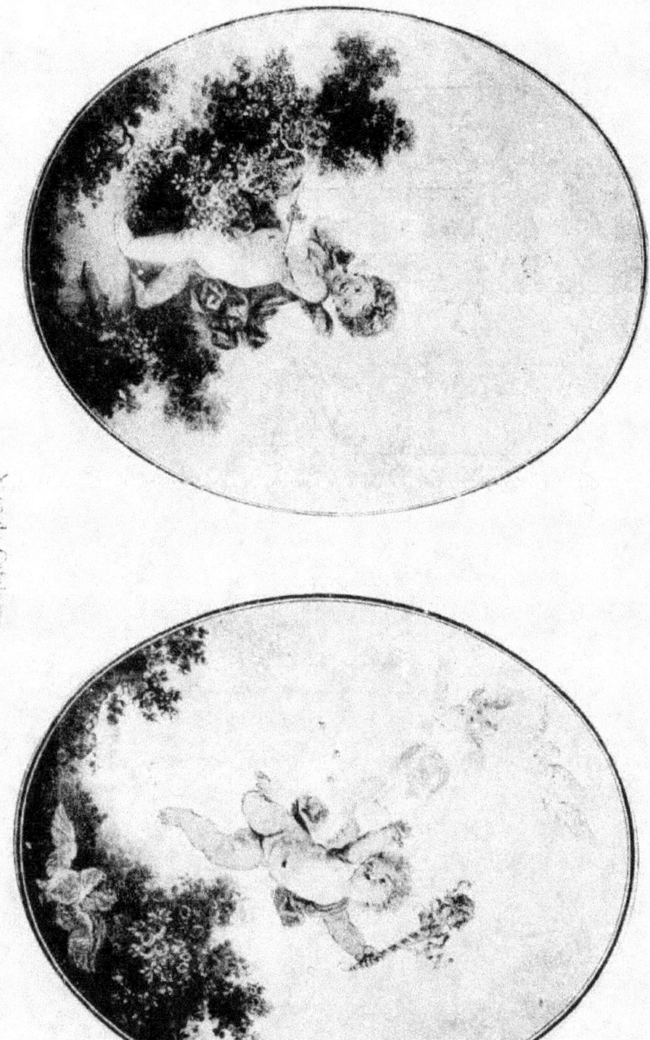

25. Les Visites — L'Orange, ou le moderne jugement
de Pâris (65-66). Deux pièces se faisant pendants. Belles épreuves.

26. Têtes et Coiffures modernes, pl. 4 et 6 (161 et 163)
— Geneviève et Lancelot, d'apr. Isabey (499).
Trois pièces. Belles épreuves (*une tirée en bistre*).

27. Louis XVIII, d'apr. Isabey (326). Très belle
épreuve, *tirée en bistre, avec* le cachet d'Isabey.

28. Route de Poissy, d'apr. C. Vernet (404). Très belle
épreuve, *coloriée*.

29. Route de St Cloud, d'apr. C. Vernet (405). Belle
épreuve, *coloriée*.

30. Route de poste, d'apr. C. Vernet (406). Très belle
épreuve, *coloriée* (petite cassure en marge).

31. Les Aveugles, d'apr. C. Vernet (407). Très belle
épreuve, *coloriée*.

32. Retour des Champs, d'apr. C. Vernet (408). Très
belle épreuve, *coloriée*.

33. Route du Marché, d'apr. C. Vernet (409). Belle
épreuve, *coloriée* (restauration).

34. Marchand de vin des environs de Rome, d'apr. C.
Vernet (411). Très belle épreuve, *coloriée*.

35. Les Joueurs de boules, d'apr. C. Vernet (413). Très
belle épreuve, *coloriée*.

36. Le Joueur de cornemuse, d'apr. C. Vernet (414).
Très belle épreuve, *coloriée*.

37. La Danse des chiens en désordre, d'apr. C. Vernet
(415). Très belle épreuve, *coloriée*.

38. Intérieur de cuisine, d'apr. Drolling (496). Très
belle épreuve du 1er état, *avant la lettre*.

39. L'Etrenne du bonnet (561) — Le Départ pour la
Garde (563). Deux pièces. Belles épreuves, *coloriées*.

40. La Rose mal défendue, réduction par Bonnemain
(27bis). Très belle épreuve.

DEMARTEAU (Gilles)

41. Enfants et animaux, d'apr. Huet (348). Très belle épreuve *tirée en 3 tons* (sans marges).

42. Jeune Femme en costume oriental, d'apr. Le Prince (n° 537). Très belle épreuve, *tirée en sanguine.*

43. Le Soir, d'après J. B. Huet (n° 549). Très belle épreuve, *tirée en 3 tons.*

44. Jupiter et Danaé — Hercule et Omphale (577-578). Deux pièces d'apr. J. B. Huet, se faisant pendants. Très belles épreuves, *avant la lettre,* imp. en 3 tons.

45. Vénus au bain — Vénus au Miroir (597-598). Deux pièces, d'apr. J. B. Huet, se faisant pendants. Très belles épreuves, *imp. en couleurs* (sans marges).

46. Pastorale, d'apr. J. B. Huet (n° 605). Très belle épreuve, *imp. en couleurs* sans marge. Collection Malinet.

DUGOURC (d'après J. D.)

47. Trait de Bienfaisance, par A. F. David. Belle épreuve.

ÉCOLE FRANÇAISE

48. Scène d'Intérieur. Très belle épreuve à *l'état d'eau-forte* (sans marge).

49. Jeune Femme assise, tenant un éventail. Très belle épreuve, *avant toute lettre, imp. en sanguine.*

FRAGONARD (Honoré)

50. Intérieur (P. de Baudicour 3). Très belle épreuve. Rare.

51. Le Parc (4). Très belle épreuve. Rare.

52. Le même sujet. Copie par l'abbé de Saint-Non.
Très belle épreuve.

53. Quatre Bacchanales (6-9). Suite de quatre pièces.
Très belles épreuves du 1er état, *avant* l'adresse
de Joubert sur la 1re pièce, et *avant* les nos.

No 35 du Catalogue

FRAGONARD (d'après Honoré)

54. L'Amour en sentinelle, par Miger. Belle épreuve
(épidermure et petites salissures).

55. L'Amour sacrifiant ses ailes à l'Amitié, par Alix.
Belle épreuve.

56. Les Baisers, par J. Marchand. Deux pièces se faisant pendants. Très belles épreuves (une *avec* la
1re adresse).

57. Le Contrat — Le Verrou. Deux pièces par M.
Blot, se faisant pendants. Très belles épreuves.

58. La Culbute, par P. F. Charpentier. Très belle épreuve *tirée en bistre*.

59. Les Petits Fermiers ou l'Ane rétif, par l'abbé de Saint-Non, 1762. Superbe épreuve de la première planche. Rare.

60. S'il m'était aussi fidèle, par Saint-Non. Belle épreuve (sans marge).

61. *Spirat adhuc amor*, par le Cᵗᵉ de Paroy. Très belle épreuve, *tirée en bistre*. Collection Malinet.

FRAGONARD et TOUZÉ (d'après)

62. CONTES DE LA FONTAINE: A Femme avare, galant escroc, par Aliamet. Très belle épreuve, *avant la lettre*.

63. Le Calendrier des Vieillards, par J. Dambrun. Belle et rare épreuve, à *l'état d'eau-forte*.

64. Le Cocu battu et content, par Delignon. Très belle épreuve à *l'état d'eau-forte*.

65. La Matrone d'Ephèse, par Duclos. Très belle et rare épreuve, à *l'état d'eau-forte*.

66. Le Glouton — Le Baiser rendu. Deux pl. d'apr. Touzé, par Simonet. Très belles épreuves, *avant la lettre*.

67. Joconde (le Lit) — Le Mari Confesseur — Le Cocu battu et content — La Gageure des trois Commères — On ne s'avise jamais de tout — Le Magnifique — Le Paté d'anguilles — Le Faucon — La Coupe enchantée — Le Gascon puni — Belphégor. Onze pièces par Lingée, Halbou, Tilliard, Trière et Patas. Très belles épreuves.

FREUDEBERG (Sigismond)

68. Le Déjeuner — La Toilette. Deux pièces se faisant pendants. Très belles épreuves du second tirage. Collection Naumann.

N° 53 du Catalogue

FREUDEBERG (d'après S.)

69. Le Petit Jour, par N. De Launay. Très belle
épreuve.
70. Le Bain, par A. Romanet. Très belle épreuve (filet
de marge).
71. La Matinée, par Bosse. Belle épreuve.
72. La Surprise. Très belle épreuve, *avant toute lettre*
(filet de marge).
73. La Visite inattendue, par Voyez l'aîné. Bonne
épreuve (rognée).

GAINSBOROUGH (d'apr. Th.)

74. Signora Baccelli dansant, par John Jones. Très
belle épreuve, *coloriée, avec la date de* 1784.

GARDNER (d'après D.)

75. Abelard — Eloisa. Deux pl. par Th. Watson, 1775-
1776, se faisant pendants.

GÉRARD (Mme Marguerite)

76. L'Enfant et le bouledogue (P. de B. **2**). Belle
épreuve. Rare.
77. Mosieu Fanfan, **2**^e planche (4). Très belle épreuve
(sans marges).

GERMAIN (P. F.)

78. Feuille de têtes. Très belle épreuve, *tirée en bistre*.
Rare.
79. Palais de la Reine Jeanne, à Naples, d'apr. Hubert
Robert. Très belle épreuve, à *l'état d'eau-forte*.

GRAVELOT (Hubert)

80. La Fontaine de St Innocent (charge sur Lafont de
St-Yenne). Superbe épreuve. Rare.
On y a joint la copie par L. Flameng.

N° 100 du Catalogue

N° 101 du Catalogue

GREUZE (d'après J. B.)

81. La Maman, par Beauvarlet. Très belle épreuve.

82. La Tricoteuse endormie, par Jardinier. Très belle
épreuve, *avant toute lettre, non entièrement terminée.*

GUYOT (Laurent)

83. Vue de la Salle du Jeu. Très belle épreuve, *imp.
en couleurs.*

HENNIN (Pierre-Michel)

84. Brouette à transporter une personne, d'apr. Ber-
thault, 1760. Belle épreuve. Rare.

HOUEL (Jean)

85. Encadrement pour portrait (P. et B. 4). Très belle
épreuve, *tirée en sanguine.* Dans le médaillon,
un portrait *exécuté à la sanguine*, par Houel?

HUET (d'après J. B.)

86. Famille Royale de France (7 médaillons dans un
encadrement orné), par Briceau. Belle épreuve,
tirée en 2 tons. Rare

87. La Belle Jardinière, par L. M. Bonnet. Très belle
épreuve, *imp. en couleurs* (sans marges).

88. Le Galant Berger, par L. M. Bonnet. Belle épreuve,
imp. en couleurs (sans marges), doublée, (légères
cassures).

89. Première Etude d'Animaux, par Bonnet. Très
belle épreuve, *imp. en couleurs.*

HUTIN (d'après Ch.)

90. Allégorie au Mariage du Dauphin, par Le Bas.
Belle épreuve, *avant la lettre.*

ISABEY (d'après J. B.)

91. Robert (Hubert), par Miger. Très belle épreuve, *avant la lettre*.

JANINET (J. F.)

92. L'Amour — La Folie. Deux pièces de forme ovale, d'après H. Fragonard, se faisant pendants. Superbes épreuves, *imp. en couleurs* (une *signée* au verso par Janinet), (légère épidermure à la 1ᵉʳ pl.).

93. La Bacchante enyvrée — Le Satyr amoureux. Deux pièces d'apr. Caresme, se faisant pendants. Epreuves tirées en noir.

94. Fontaine soutenue par des cariatides, d'apr. Saint-Quentin. Très belle épreuve tirée sur fond bleu avec rehauts de blanc. Rare.

95. Le Maréchal, d'apr. H. Gravelot. Très belle épreuve, *tirée en sanguine*.

JANINET (J. F.) ?

96. Jeune Femme en travesti. De forme ovale. Belle épreuve, *imp. en couleurs*.

KAUFFMANN (d'après Angelica)

97. Jeune Femme tenant une coupe, 1784. Belle épreuve, *tirée en 3 tons*.

LA LIVE DE JULLY (A. L. de)

98. Mausolée de la Pᵉ de Condé, d'après Vassé. Belle épreuve.

LANCRET (d'apr. Nic.)

99. L'Hiver, par J. Ph. Le Bas (40). Très belle épreuve.

N° 74 du Catalogue

N° 190 du Catalogue

LAVREINCE (d'apr. Nic.)

100. Le Billet doux — Qu'en dit l'Abbé? (10 et 51). Deux pièces par N. De Launay, se faisant pendants. Très belles épreuves.

101. La Comparaison, par F. Janinet (12). Très belle épreuve, *imp. en couleurs*, légers rehauts.

102. La Consolation de l'absence, par N. De Launay (14). Très belle épreuve du 2e tirage.

103. Le Contretemps, par F. Dequevauviller (15). Belle épreuve, *avec* la 1re adresse.

104. L'Heureux Moment, par N. De Launay (28). Très belle épreuve, *avant* la correction dans l'adresse.

105. L'Indiscrétion, par F. Janinet (30). Belle épreuve, *imp. en couleurs*, avec rehauts (remmargée).

106. L'Innocence en danger, par Caquet (31). Très belle et fort rare épreuve du 1er état, à *l'eau forte pure*.

107. Le Lever des Ouvrières en modes, par Dequevauviller (36). Très rare épreuve à *l'état d'eau-forte* (petites taches, marges salies).

108. La Soubrette confidente, par G. Vidal (61). Très belle épreuve.

109. Le Séducteur (E. B. app. 7). Très belle épreuve à *l'état d'eau-forte*, d'une planche qui n'a pas été terminée.

LE BAS (J. Ph.)

110. Les Canards. Deux pièces d'apr. D. Téniers, se faisant pendants. Très belles épreuves.

LE PEINTRE (d'après)

111. Le Duc et la Dsse de Chartres et leurs Enfants, par A. de St Aubin et Helman. Très belle épreuve, *avant* les adresses.

112. Le Danger de la bascule — La Tricherie reconnue. Deux pièces par De Monchy, se faisant pendants. Belles épreuves.

LE ROY (J.)

113. Les Quatre Heures de la Toilette des Dames, d'après Le Clerc, frontispice. Très belle épreuve.

LITTRET (C. A.)

114. Pompadour (M᷎ la M᷎ de), d'après Schenau. Belle épreuve.

MARILLIER (C. P.)

115. Les Désirs réciproques, par M᷎ Chevery. Très belle épreuve.

MAROT (Daniel)

115 *bis*. Foire de La Haye, avec les bourgeois sous les armes. Grande pièce en deux feuilles. Très bel exemplaire.

METTAY (d'après)

116. Les Bergers Romains, par Le Veau. Belle et rare épreuve à *l'état d'eau-forte*.

MEUNIER (d'après)

117. Vue extérieure de l'Eglise S᷎ Geneviève prise à l'opposé de l'Ecole de Droit, par D. Née. Très belle épreuve, *avant la lettre*, coloriée.

MONDHARE (à Paris, chez)

118. Louis XVI — Marie Antoinette. Deux pièces se faisant pendants. Belles épreuves, *coloriées*. Rares.

MONNET et SAINT-QUENTIN (d'après)

119. Les Garants de la Félicité publique — Les Vœux
du Peuple confirmés par la Religion. Deux pièces
par Née et Masquelier, se faisant pendants.
Superbes épreuves.

N° 129 du Catalogue

MOREAU LE JEUNE (par et d'après J. M.)

120. Déclaration de la Grossesse, par Martini (1348).
Très belle épreuve, *avec* les lettres A. P. D. R.

121. Les Précautions, par Martini (1349). Très belle
épreuve, *avant la lettre*.

122. J'en Accepte l'heureux présage, par Trière (1350).
Très belle épreuve, *avec* les lettres A. P. D. R.

123. N'ayez pas peur, ma bonne amie, par Helman
(1351). Très belle épreuve, *avec* les lettres A. P.
D. R.

355

124. C'est un Fils, Monsieur!, par Baquoy (1352). Très belle épreuve, *avec* les lettres A. P. D. R.

340

125. Les Petits Parrains, par Baquoy et Patas (1353). Très belle épreuve, *avec* les lettres A. P. D R.

520

126. Les Délices de la Maternité, par Helman (1354). Très belle épreuve, *avec* les lettres A. P. D. R., grandes marges.

127. L'Accord parfait, par Helman (1355). Belle épreuve, *avec* les lettres A. P. D. R. (petites épidermures).

340

128. Le Rendez-vous pour Marly, par Guttenberg (1356). Très belle épreuve, *avec* les lettres A. P. D. R., grandes marges.

630

129. Les Adieux, par R. De Launay (1357). Très belle épreuve, *avec* les lettres A. P. D. R.

250

130. La Rencontre au Bois de Boulogne, par H. Guttenberg (1358). Très belle épreuve, *avec* les lettres A. P. D. R.

310

131. La Dame du Palais de la Reine, par Martini (1359). Très belle épreuve, *avec* les lettres A. P. D. R. (légères épidermures en marges).

315

132. Le Lever, par Halbou (1360). Très belle épreuve, *avec* les lettres A. P. D. R.

305

133. La Petite Toilette, par Martini (1361). Très belle épreuve, *avec* les lettres A. P. D. R.

420

134. La Grande Toilette, par Romanet (1362). Très belle épreuve, *avec* les lettres A. P. D. R.

200

135. La Course de chevaux, par H. Guttenberg (1363). Belle épreuve, *avant la lettre*

730

136. Le Pari gagné, par Camligue (1364). Très belle épreuve, *avant la lettre*, le nom du graveur à *la pointe*.

137. La Partie de wisch, par Dambrun (1365). Très belle épreuve, *avec* les lettres A. P. D. R.

N° 169 du Catalogue

610.

138. Oui ou Non, par N. Thomas (1366). Belle épreuve, *avec* les lettres A. P. D. R.

230.

139. Le Seigneur chez son Fermier, par Delignon (1367). Très belle épreuve, *avec* les lettres A. P. D. R.

950.

140. La Petite Loge, par Patas (1368). Très belle épreuve, *avant la lettre*.

3550.

St rolin

600

141. La Sortie de l'Opéra, par Malbeste (1369). Très belle et très rare épreuve, *avant toute lettre*.

142. Le Souper fin, par Helman (1370). Très belle épreuve, *avant la lettre*.

250

143. Le Vrai Bonheur, par Simonet (1371). Très belle épreuve, *avec* les lettres A. P. D. R.

1 700

144. Le Bal Masqué — Le Festin Royal (200-201). Deux pl. se faisant pendants. Belles et rares épreuves *avant la lettre*, la seconde *avec* le nom de Delignon à la pointe (petites épidermures et pli).

130.

145. Exemple d'humanité donné par Mᵐᵉ la Dauphine, le 16 8ᵇʳᵉ 1773, par Martini et Godefroy (244). Très belle épreuve.

45

146. Henri IV chez le Meunier, par J. B. Simonet (245). Belle épreuve du 1ᵉʳ état, à *l'eau-forte pure* (petite épidermure).

400

147. Répertoire des spectacles de la cour, à Fontainebleau (avec le médaillon de Louis XV), par Lempereur (246). Très belle épreuve du 1ᵉʳ état, de la collection Goncourt. Rare.

200.

148. Répertoire des spectacles de la Cour (avec le médaillon de Louis XVI), par Martini (253). Très belle épreuve du 1ᵉʳ état, de la collection Goncourt (petit grattage dans l'inscription du bas).

125

149. Couronnement de Voltaire, sur le Théâtre Français, le 30 mars 1778, par Gaucher (261). Très belle épreuve, *avec* les armes.

190.

150. Place de Louis XV (404). Très belle épreuve, *avant* le nom de Tilliard.

MOREAU L'AINÉ (d'après L.)

151. L'Escarpolette — Le Villageois entreprenant. Deux planches par Germain et Patas, se faisant pendants. Belles épreuves (la 1re à *l'état d'eau-forte*, petite cassure).

N° 178 du Catalogue

152. Vues de Bagatelle. Deux pièces par Elise Saugrain, 1785, se faisant pendants. Superbes épreuves *avant la lettre*.

OUDRY (J. B.)

153. Sujets de Chasse (R. D. 1-4). Suite complète de quatre pièces. Très belles épreuves *avec* la 1re adresse (Gautrot).

154. La Chienne Braque avec toute sa Famille — Le
Sérail du Doguin. Deux pièces par J. Daullé, se
faisant pendants. Belles épreuves.

155. La Curée faite — Le Signe (sic) effrayé. Deux
pièces par J. Ph. Le Bas, se faisant pendants.
Très belles épreuves. Collection Malinet.

156. Titre : *Recueil de Divers animaux de chasse*, par
Le Bas — Chien gardant du gibier, par Aveline
— Chien en arrêt. Trois pièces. Belles épreuves.

OZANNE (Jeanne-Françoise)

157. Différents Sujets de Marines : Cahier B, pl. 1 à 4 —
Cahier C, pl. 2 et 4. Six pièces. Belles épreuves.

PANNINI (d'après G. B.)

158. Ruines Romaines, par F. Vivarès. Belle et rare
épreuve à *l'état d'eau-forte*.

PARIS (Estampe relative à)

159. *Le Désastre et l'affreux incendie de la foire S*
Germain arrivé le 17 mars 1762. Pièce anonyme.
Très belle épreuve. Très rare.

PATER (J. B.)

160. Campement de soldats. Très belle épreuve.
161. Halte de Soldats. Très belle épreuve.

PERNET (d'après)

162. *Second View of the Environs of Rome*, par
Guyot. In-fol. Belle épreuve, *imp. en couleurs*,
doublée (marges salies et petites cassures).

PREVOST

163. Le Cabaret Ramponneau. Deux pièces avec les
médaillons de Ramponneau et de sa Femme.
Très belles épreuves.

RANSONNETTE (P. N.)

164. (L'Honnête sensibilité). Très rare épreuve à *l'état*
d'eau-forte (légère tache).   *120*

N° 196 du Catalogue

RAOUX (d'après J.)

165. Les deux Musiciennes, par Beauvarlet. Très belle
épreuve.   *150_*

ROWLANDSON (Thomas)

166. La Chaumière, eau-forte. Très belle épreuve.   *HP.-*

SAINT-AUBIN (Augustin de)

167. La Famille Renouard (150). Belle épreuve sur chine.

168. Tableau des Portraits à la Mode — La Promenade des Remparts de Paris (378 et 382). Deux pièces par P. F. Courtois, se faisant pendants. Très belles épreuves.

169. Le Bal paré — Le Concert (402-403). Deux pièces par A. J. Duclos, se faisant pendants. Très belles épreuves, *avant* l'adresse de Chéreau (très légère tache à la 2ᵉ pl.).

170. Odalisque par Mᵐᵉ Lingée (409). Très belle épreuve, *imp. en couleurs.*

171. La Parade. Très belle épreuve, *non entièrement terminée.*

SAINT-AUBIN (Gabriel de)

172. Allégorie au mariage du Dauphin, depuis Louis XVI (P. de Baudicour 4). Très belle et rare épreuve du 1ᵉʳ état. Collection Robert Dumesnil.

173. Allégorie des Mariages faits par la Ville (5). Très belle épreuve.

174. Pièce allégorique pour l'érection de la statue de Louis XV, sur la place du même nom (6). Très belle et fort rare épreuve à l'état *d'eau-forte pure.*

175. La même estampe. Très belle et fort rare épreuve d'un état plus avancé.

176. 3ᵐᵉ Vue de l'incendie de la foire Saint-Germain (9). Très belle et précieuse épreuve retouchée à la sépia par le maître. Collection H. Destailleur.

177. 4ᵉ Vue de l'incendie de la foire Saint-Germain (10). Très belle épreuve. Collections R. Dumesnil et Destailleur.

178. 6ᵉ Vue de l'incendie de la foire Saint-Germain (12). Superbe épreuve. Collections R. Dumesnil et Destailleur.

179. Spectacle des Tuileries : Les Chaises — Le Tonneau d'arrosage (13-14). Deux sujets gravés sur un seul cuivre. Superbes et très rares épreuves réunies sur la même feuille. Collections Robert Dumesnil et H. Destailleur.

180. Marche du bœuf gras (16). Superbe épreuve. Collections R. Dumesnil et H. Destailleur.

181. La Colère de Neptune, fontaine (27). Superbe et très rare épreuve d'un 1ᵉʳ état, *non décrit, avant* les mots : *Toute la fontaine est gravée...* etc.

182. Les deux Amants (30). Très belle épreuve.

183. Les Quatre Vases sur la même planche (33). Superbe épreuve.

184. Vignette pour la Tragédie de Tancrède (35). Superbe et très rare épreuve d'un 1ᵉʳ état, *non décrit, avant* divers travaux et *avant* : acte 3.

185. On ne s'avise jamais de tout (41). Superbe épreuve. Rare.

186. Portrait de Sedaine. Pièce *non décrite*. Très belle épreuve. Rare.

187. Marchande en plein vent. Pièce *non décrite*. Superbe épreuve. Très rare. Collection H. Destailleur.

188. Ballet dansé au théâtre de l'Opéra, dans le Carnaval du Parnasse — La Guinguette, divertissement-pantomime du Théâtre Italien. Deux pièces par F. Basan, se faisant pendants. Très belles épreuves.

SAINT-NON (abbé de)

189. Concert d'Amateurs, d'apr. H. Gravelot. Très belle épreuve.

SANDBY (Paul)

189 *bis*. La Promenade dans le Parc, 1751. Très belle épreuve. Rare.

SCHALL (d'après F.)

190. L'Amant surpris — Les Espiègles. Deux pièces par C. M. Descourtis, se faisant pendants. Très belles épreuves, *imp. en couleurs* (très léger pli à une planche).

SCHENAU (J. E.)

191. Etudes de Têtes. Suite de six planches. Très belles épreuves.

191 *bis*. Sujets de genre. Suite de six planches. Très belles épreuves.

SCHMIDT (G. F.)

192. Louise Albertine de Brandt, B^{sse} de Grapendorf, d'apr. B. N. Le Sueur. Très belle épreuve.

SERGENT-MARCEAU (A. F.)

193. Vue du Palais Royal, prise du côté du Méridien. Très belle épreuve, *tirée en bistre*.

SICARDI (d'après)

194. *O che boccone!*, par Th. Burke. Très belle épreuve, *avant la lettre*.

SUBLEYRAS (Pierre)?

195. Le Villageois qui cherche son veau. Très belle épreuve, sans aucune lettre.

SUBLEYRAS (d'après)

195 *bis*. Le Faucon par J. Ph. Le Bas. Très belle épreuve.

TAUNAY (d'après N. A.)

196. Foire de Village — Noce de Village — La Rixe — Le Tambourin. Suite de quatre pièces, par C. M. Descourtis. Très belles épreuves, *imp. en couleurs* (sans marges).

TROY (d'apr. Fr. de)

197. Toilette pour le Bal — Retour du Bal. Deux pl. par J. Beauvarlet, se faisant pendants. Très belles épreuves du Ier tirage, *avec* les mots : *Tiré du Cabinet de M. Prousteau...*   *421*

VANLOO (d'après Carle)

197 *bis*. La Comédie, par Salvador Carmona. Très belle épreuve.   *20.*

VERNET (d'après Carle)

198. Le Marchand de Chevaux normands, par Charon. Belle épreuve, *coloriée*.   *215*

WATSON (Thomas)

199. Italian Girl, d'apr. le Corrège. Très belle épreuve.   *35*

WATTEAU DE LILLE (L. J.)

200. Ire Suite de divers Sujets Militaires, 3 planches. Belles épreuves.   *72.*

N° 187 du Catalogue

FRAZIER-SOYE

GRAVEUR-IMPRIMEUR

153-155-157, Rue Montmartre

PARIS

98 1
98.10
    10
179.20

RED. :

20

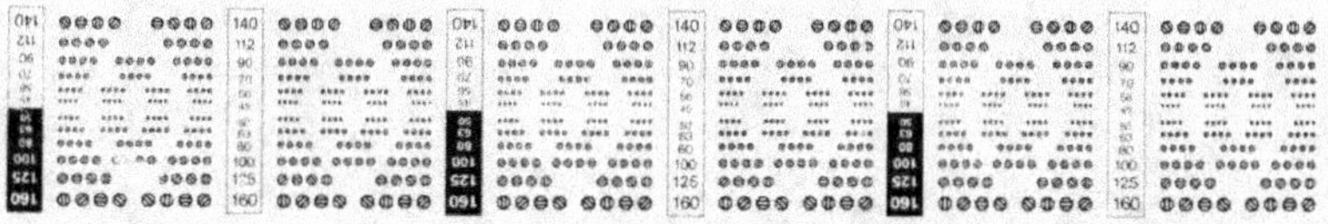

MIRE ISO N° 1
NF Z 43-007
AFNOR
Cedex 7 - 92080 PARIS-LA-DÉFENSE

graphicom
379 89 70

0 1 2 3 4 5 6 7 8 9 10